Ahora somos dos

Ahora somos dos

Toño Malpica

Ilustraciones de Enrique Torralba

ediciones sm

Malpica, Antonio
Ahora somos dos / Toño Malpica ; ilus. de Enrique Torralba. –
México : Ediciones SM, 2012
64 p. : il. ; 19 x 12 cm. – (El barco de vapor. Blanca ; 47 M)

ISBN : 978-607-24-0607-0
1.
2. 1. Cuentos mexicanos. 2. Hermanos y hermanas – Literatura
infantil. 3. Imaginación – Literatura infantil. I. Torralba, Enrique, il. II.
t. III. Ser.

Dewey 863 M35

Coordinación editorial: Laura Lecuona
Ilustraciones: Enrique Torralba
Edición: Libia Brenda Castro
Diagramación: Juan José Colsa

Primera edición, 2012
D. R. © SM de Ediciones, S. A. de C. V., 2012
Magdalena 211, Colonia del Valle,
03100, México, D. F.
Tel.: (55) 1087 8400
Para conocer SM, su fondo editorial y sus servicios: www.ediciones-sm.com.mx
Para andar entre, hacia y con los libros: www.andalia.com.mx
Para comprar libros de SM en línea: www.libreriasm.com

ISBN 978-607-24-00607-0
ISBN 978-968-779-176-0 de la colección El Barco de Vapor

Miembro de la Cámara Nacional de la Industria Editorial Mexicana
Registro número 2830

Impreso en México / *Printed in Mexico*

Para ese par que llegó a colonizar mi mundo

262 días antes

Yo creo que en Marte están
hechos bolas. Les pedí ayuda
y me mandaron una máquina
de chillidos.
No sé cómo podría ayudarme
en mi misión una máquina
de chillidos. Han de estar
hechos bolas.
Te cuento.
Mi nombre verdadero es Nul Mud.
Y soy de Marte. Estoy en misión
especial estudiando las costumbres
de los terrícolas como tú porque
vamos a colonizar este planeta.

Pero mientras eso ocurre
me hago pasar por un niño
como cualquier otro.
Me hago llamar Tavo
para despistar.
Y ayer llegó la ayuda que pedí
a mi planeta para vencer
al terrible Rol Morg.
Pero la ayuda no es más que
un bultito con la cara roja,
que no deja de llorar y huele
mucho a caca.

241 días antes

El terrible Rol Morg es un
monstruo que solo yo puedo ver.
Y quiere entorpecer mi misión
en la Tierra.
Se aparece en las noches lluviosas
con muchos relámpagos.
Cuando retumba el trueno,
aparece el terrible Rol Morg.
Y yo grito "¡Mamá!".
Antes ella venía rápido. Y prendía
la luz. Y el terrible Rol Morg
se desvanecía.

Pero desde que llegó Lulú
a la casa, ya no viene.
El que viene es papá, con cara
de ogro desvelado. Y siempre
gruñendo.
No prende la luz pero es cierto
que el terrible Rol Morg
igual se desvanece.
Tanto miedo puede dar papá.

216 días antes

Tal vez Lulú sea una espía
de Venus.
También los de Venus quieren
colonizar la Tierra. Y esto puede
terminar en guerra espacial.

Porque el planeta Tierra es
el único del Universo con polvos
picositos. Y muñecos de acción.
Y zapatos que se encienden.
Y osos panda.

El caso es que Lulú se ha adueñado del cuarto de papá y mamá. Y no hace otra cosa más que dormir, tomar leche, llorar y hacer caca.
¡Y dificultar mi misión! Por eso es posible que sea una espía de Venus.

198 días antes

Fuimos a casa de Hugo
y Samantha. Pero por
culpa de Lulú nos
tardamos un montón
en salir.
¿Cómo alguien tan
pequeño puede dar
tantos problemas?
Mamá echó un millón
de cosas en su maleta.

A mí nada más me
dijeron: "Tavo, agarra
un muñeco. Y tu gorra.
Y un suéter".
En cambio, para Lulú
llevaron
una maleta mucho
más grande que ella.
"¿Por qué no meten
también a Lulú
en la maleta?", pregunté.
Y les dio risa.

183 días antes

Al fin fuimos al cine de nuevo.
El cine es otro gran invento
de ustedes los terrícolas.
Y no habíamos ido desde
que llegó Lulú.
Pero solo fuimos papá y yo.

Así que pensé que debo reclamar a
Marte de nuevo. Antes todo estaba
bien en casa, pero ahora vamos
al cine solo dos en vez de tres.
¿De veras Lulú no se puede quedar
sola? ¡Si nada más está acostada
todo el día y toda la noche!
Voy a tirar a la basura el casco
y la capa que hice, igualitos
a los míos, para el ayudante
que pedí. Ya no sirven de nada.

159 días antes

Me hice pipí en los calzones
y no obtuve más que regaños.
Pensé que así la disputa por la
atención de papá y mamá sería
más justa, pero me equivoqué.
Lulú lo hace a cada rato y la llenan
de besos, pero a mí me regañan.

Tal vez pida a Marte que manden
una nave y me recojan para
siempre.

124 días antes

Vino la abuela. Pero no a verme
a mí, como antes.

Mamá cayó enferma y la abuela
estuvo todo el tiempo con Lulú
en la sala.

Cuando la abuela dormía,
aproveché para hablar con Lulú,
que en ese momento jugaba con
una sonaja en su silla mecedora.

"Soy Nul Mud", le dije.

"Y quiero que sepas que será
Marte, y no Venus, el que
colonice la Tierra".

Me miró con sus grandes ojos
color café.
Luego añadí:
"Además, este departamento
es muy pequeño para que vivan
cuatro. Tres está bien, pero cuatro
no. Lo siento. No caben".

Se rio y trató de tocarme.
Con eso desbarata a papá y a
mamá, pero conmigo no funciona.

105 días antes

Lo peor es cuando aparece
el terrible Rol Morg.
Como sabe que mi misión peligra,
ahora viene en las noches
aunque no llueva.
Y ni caso tiene gritar, porque
a veces no viene nadie.
Mamá está muy cansada y papá
ronca como un ogro
que se hubiera comido un león.

87 días antes

No entiendo.
Papá y mamá se quejan de que
no le hago mucho caso a Lulú.
Pero todo el mundo está siempre
encima de ella, así que no veo
por qué también yo debería estar
haciéndole caras chistosas
o ruiditos y trompetillas.

De todos modos, hoy le di
a probar de mi barra
de chocolate cajetoso.
Y en vez de darles gusto a papá
y mamá, se pusieron a gritar:
"¡Tavo, cómo se te ocurre!".
No. De veras no entiendo.

29

63 días antes

En el aniversario de mi llegada a
la Tierra lo hice todo bien. Rompí
la piñata. Apagué las velas yo solo.
Ayudé al mago.

Y de todos modos fue Lulú
la que se llevó los aplausos.
Dice "adiós" con la manita y todos
se desbaratan. Todos.
Todos menos yo.

Ella es más letal que un rayo
supersónico.

Cuando volvimos a casa le presumí
todos mis regalos, pero fingió
que dormía en su sillita.
"No molestes a Lulú", dijo mamá.
Creo que ahora lo dice cien veces
al día.

30 días antes

Cuál será el verdadero
nombre de Lulú en
Venus, me pregunto.
Apuesto a que el mío es
mucho mejor. Nul Mud.
Nuuul Muuud. ¿Te gusta?
Es como bajar
en resbaladilla.
De todos modos,
no importa.

Por el momento es imposible
conocer el verdadero nombre
de Lulú. Todavía está aprendiendo
a hablar español. Y solo sabe decir
una cosa: "Avo avo avo avo avo avo
avo". No dice nada más.
Hasta el perico de la abuela
dice más cosas.

26 días antes

Vino a verme el doctor porque
me dio mucho frío.

Mamá decía que estaba ardiendo
en calor cuando me tocaba
la frente, pero yo sentía
muchísimo frío.

Papá le dijo que era porque me
había dormido sin cobijas el otro
día, y que también por eso
me dolía la garganta.
Yo no sé.
En la noche, antes de que se
apareciera el terrible Rol Morg,
me levanté de mi cama.
Y fui al cuarto de papá y mamá.

Todos dormían.
Me aseguré de que Lulú estuviera
bien tapada con todas
sus cobijas.

15 días antes

"¿Un perro? ¡Ni hablar!"

Eso fue lo que respondieron papá
y mamá cuando les pregunté
si podíamos tener
un perro como el de Joaquín.
Los dos miraban a Lulú
cuando me contestaron.

Creo que ahora ella controla
sus mentes.

Tal vez en Venus los perros sean
fieras salvajes. Como los leones,
tigres y panteras de aquí.

11 días antes

Los programas de televisión son
otro gran invento de ustedes.
Igual que la pasta de dientes
sabor chicle. Y las pelotas
de boligoma.

Pero ahora nada es solo mío.
"Tavo, comparte", dicen papá
y mamá como mil veces al día.
Y tenemos que ver el canal de los

bebés, donde no paran de contar
hasta el cinco y repetir los colores.

Pero es cierto que cuando nadie
nos ve, cambiamos el canal.

Yo creo que a ella no le molesta
ver programas con dinosaurios
de verdad y no de peluche.

4 días antes

Me parece que el fin se acerca.
Papá y mamá han sacado algunas
cosas de mi habitación.
Una cajonera, un librero
y una lámpara con forma de jirafa.
Tal vez Lulú ya haya dominado
por completo sus mentes.

Y eso que lo único que hace
es sentarse, agarrar su mamila
y decir "avo".
Supongo que en poco tiempo
a mí también me echarán de aquí.
Creo que he fallado en mi misión.

2 días antes

Papá y su amigo estuvieron
haciendo ruidos en mi habitación.
Se oían golpes y zumbidos.
Yo, mientras tanto, estaba en
la sala, mirando por la ventana.
Trataba de encontrar
el planeta Marte en el cielo.
Pero si no es de noche, la verdad,
es muy difícil.

Lulú, en su sillita, no dejaba
de aventar su sonaja al suelo.
Y cuando yo la recogía y
se la pasaba, ella reía
y volvía a aventarla.
Se reía como si le hicieran
cosquillas.

La abuela nos veía desde la cocina
con una sonrisa rara.
Una sonrisa como cuando da un
sorbo chiquito a su café. O como
cuando ve una película de esas
que la hacen llorar un poco.
O como cuando abraza fuerte
a mamá.

1 día después

Ayer durmió mi hermanita
conmigo en mi cuarto
por primera vez.
Mamá nos dio un beso
a los dos antes de apagar
la luz.

El terrible Rol Morg no
quiso aparecer. Supongo
que se dio cuenta de que
ahora somos dos
y no le tenemos miedo.

Qué bueno que no tiré el casco
y la capa que hice, igualitos
a los míos, para mi ayudante.
A lo mejor un día podemos
conquistar el mundo juntos.

Ahora somos dos
se terminó de imprimir en noviembre de 2012
en Duplicate Asesores Gráficos, S. A. de C. V.,
Callejón San Antonio Abad núm. 66, col. Tránsito,
c. p. 06820, Cuauhtémoc, México, D. F.
En su composición se empleó la fuente
· ITC New Baskerville.